Wilhelm Busch

Die Geburtstag, oder Die Partikularisten
Schwank in 100 Bildern

Antigonos

Wilhelm Busch

Die Geburtstag, oder Die Partikularisten
Schwank in 100 Bildern

Unveränderter Nachdruck der Originalausgabe von 1876.

1. Auflage 2024 | ISBN: 978-3-38644-645-7

Antigonos Verlag ist ein Imprint der Outlook Verlagsgesellschaft mbH.

Verlag: Outlook Verlag GmbH, Zeilweg 44, 60439 Frankfurt, Deutschland, info@outlook-verlag.de
Vertretungsberechtigt: E. Roepke, Zeilweg 44, 60439 Frankfurt, Deutschland
Druck: Libri Plureos GmbH, Friedensallee 273, 22763 Hamburg, Deutschland

Der Geburtstag

oder

Die Partikularisten.

Schwank in 100 Bildern

von

Wilhelm Busch.

Sechste Auflage.

Heidelberg.

Verlag von Fr. Bassermann.

1876.

Buchdruckerei von G. Otto in Darmstadt.

Im weißen Pferd.

Wer Bildung und Moral besitzt,
Der wird bemerken, daß anitzt
Fast nirgends mehr zu finden sei
Die sogenannte Lieb und Treu. —
  Man sieht zuerst mit Angstgefühlen
  Herunterfallen von den Stühlen
  Die angestammten Landesväter —
  Sodann, als kühler Hochverräther,
  Zieht man die Tobaksdos hervor,
  Blickt sanft und seelenvoll empor,
  Streckt sich auf weichem Kanapee,
  Schlürft mit Behagen den Kaffee —
  Und ist man so auf's Neu erfrischt,
  Dann denkt man: Na, die hat's erwischt!
So denkt der böse Mensch. — Jedoch
Es giebt auch gute Menschen noch. —

Zu Milbenau im weißen Pferd
Bei Mutter Röhm, die Jeder ehrt,

Da sitzen, eng vereint und bieder,
Auch diesen Sonntagabend wieder
Nach altem Brauch im Freundschaftskreise
Die Männer und die Mümmelgreise. —
„Et blivt nich so! — Et blivt nich so!!"
So murmelt Jeder hoffnungsfroh. —

„„Et schall nich bliben ans et is!
„„Et schall weer weeren anse süß!!

„„Un dat seg eck! Und dat seg eck!""
So spricht entschieden Schneider Böck. —
Hierauf spricht lächelnd Krischan Stinkel
Und zwinkert mit dem Augenwinkel:

„Eck segge man, vor min Plasir,
„Gottlof! Wat is de Botter dür!!"

Dagegen ruft der lange Korte
Mit Zorneseifer diese Worte:

„Kreuzhimmeldausenddonnerwär,
„Uns' olle König mot weer her!!"

Jetzt sieht sich Bürgermeister Mumm
Bedenklich nach der Seite um.

„Pißt!! — ruft er — Ruhig liebe Leut!
„Seid unterthan der Obrigkeit;!"
„„Ja, aber man bis insoweit!
„„Seggt unse olle Herr Pastor."""
„Dat hat he seggt!!!" — so tönts im Chor. —
Hierauf, so wird es etwas stille,
Und grad kommt Herr Aptheker Pille.

„Ihr Leute, daß ich's bloß man sage!
„Denn morgen ist der Tag der Tage,
„Da er geboren, der — — ihr wißt! — —"

„„Ja ja, so is't! Ja ja, so is't!!""
„Nun ist Euch allen wohlbekannt
„Der Busenfreund, den ich erfand,

„Der segensreiche Labetrank,
„Der, sei man munter oder krank,
„Erwärmend dringt bei Hoch und Nieder
„Durch Kopf, Herz, Magen und die Glieder — —
„Wie wär es, hochverehrte Freunde,
„Wenn man im Namen der Gemeinde
„Ein Dutzend Flaschen oder so -- —"
„„Ja ja, man to! Ja ja, man to!!""
So tönt es laut im treuen Kreise
Der Männer und der Mummelgreise.
Und Jeder ruft: „„He, Mutter Böhmen!
„„Up düt will wi noch Einen nöhmen!!""

Gesagt, gethan. — Für Mutter Köhm
Ist dies natürlich angenehm.

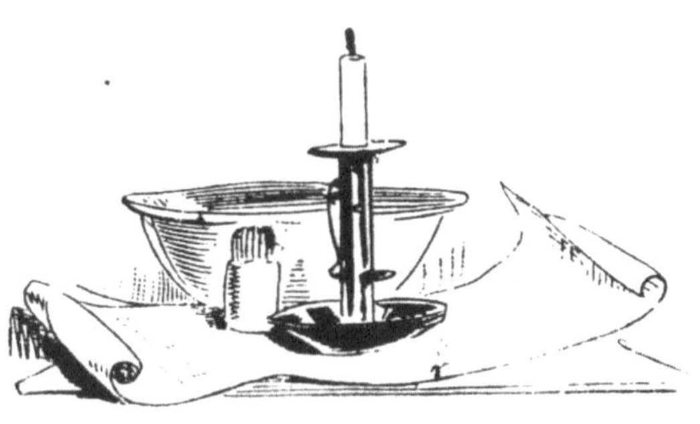

Siebtes Capitel.

—

Nächtliche Politik.

In seinem Bett um Mitternacht,
Voll Sorgen, die er sich gemacht,
Liegt hier des Dorfes Bürgermeister.

Die aufgestörten Lebensgeister
Befassen sich beim Kerzenlichte
Noch immer mit der Weltgeschichte,

Wie sie getreu vermeldet hat
Das angestammte Wochenblatt;
Daß nämlich, wie die Sachen liegen,

Die Preußen nächstens Schläge kriegen. —

Nur einer macht ihm stilles Graun —

Der Bismarck, dem ist nicht zu traun!

So liegt er da und ballt die Rechte
Und thäte gerne, was er möchte;

Bis ihn in Schlummer wiegt um Eins
Der Genius des Branntweins. —

Na, na! Das giebt noch ein Malör! —
Die Zippelkappe neigt sich sehr. —

Es kommen in Berührung fast

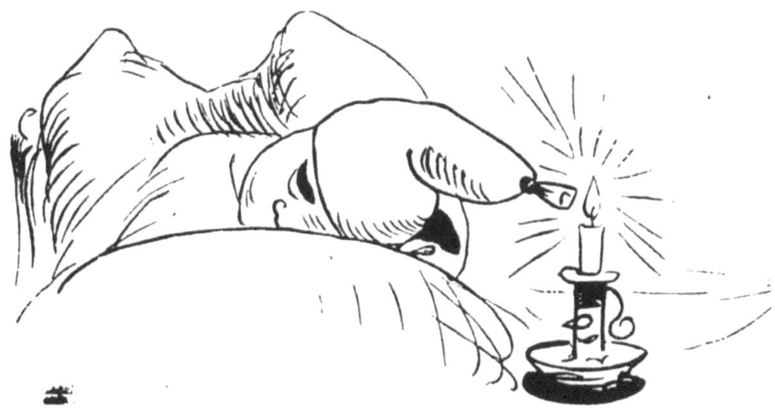

Die Flamme und der Mützenquast. —

Schon brennt der Zippel wie ein Licht.
Die Obrigkeit bemerkt es nicht. —

Bald aber dringt die Gluth und Hitze

Zum schlummernden Gedankensitze. —
Potzsapperment! hier heißt es schnelle!

Die Kopfbedeckung leuchtet helle.

Kreuzdunnerschlag! Ich dacht es ja!

's ist wieder mal kein Wasser da!!

In Aengsten findet manches statt,
Was sonst nicht stattgefunden hat.

Da liegt die Mütze sehr versehrt.

Das Haar ist meistens weggezehrt. —
Doch kann ein Sacktuch auch zu Zeiten
In kühler Nacht das Haupt bekleiden;

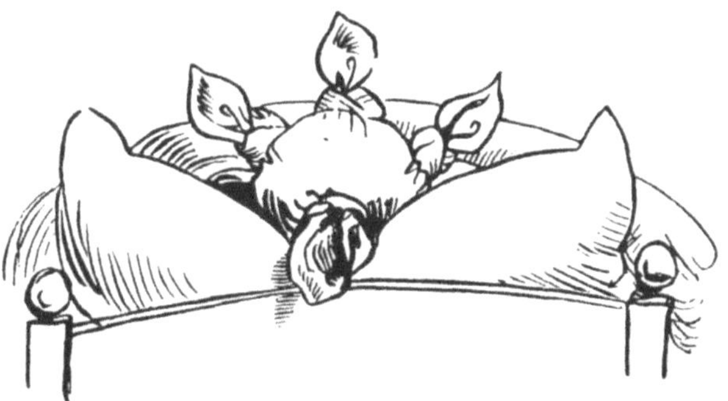

Nur hat sodann die Zippelmütze
Vier Spitzen statt der einen Spitze.

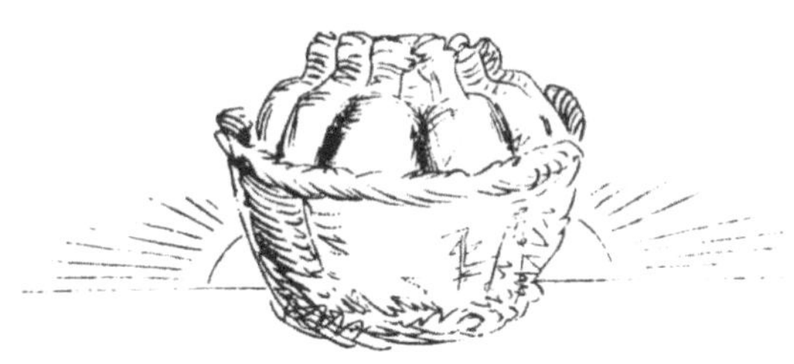

Der Busenfreund.

Es war ein schönes Morgenroth.
Die Hähne krähn, es dampft der Schlot.
Schon hörte man wie Müseling,
Der Kuhhirt, an zu tuten fing.
Und Jeder holet aus dem Stalle
Bei lustigem Trompetenschalle
Die krummgehörnten Butterthiere,
Daß Müseling sie weiter führe.

Wer auch schon munter, das ist Pille.
Er bürstet seine Sonntagshülle.

Und rüstet sich bei Zeiten schon
Zu seiner hohen Staatsmission.

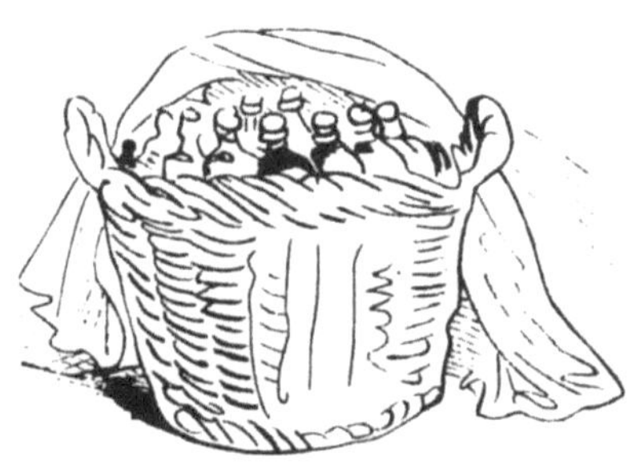

Allhier im Korbe, eng vereint,
Sind zwanzig Flaschen Busenfreund.

Und hier der Nachbar Fritze Jost
Befördert sie zur nächsten Post.

„Nur ja recht sachte und gemach!"
Ruft Pille — „Gleich, gleich komm ich nach!"

Schon hinter Meier's alter Planke
Kommt Fritze Josten ein Gedanke

Verlockend ift der äußre Schein.

Der Weife dringet tiefer ein.

Hier trägt er neugestärkt und heiter

Die süße Bürde emsig weiter.

Doch allbereits an Müllers Hecke

Verweilt er zu demselben Zwecke.

Ihn weiter fort zu seinem Ziel.

Nur an der ernsten Kirchhofsmauer
Nimmt er es noch einmal genauer.

Zum Schluffe sieht er sich genöthigt,
Hinweg zu schaffen, was erledigt. —

Nun aber zeigt er sich alsbald
Als eine schwankende Gestalt,

Die an der Mauer feſtbegründet

Bis jetzt noch eine Stütze findet.

Indeſſen bald ſo fehlt die Stütze. —
Der Buſenfreund rinnt in die Pfütze. —

Mit viel Geſchrei in einer Reih
Kommt eine Gänſeſchaar herbei.

Als nun die Schnabelei begann,

Schaut eine Gans die andre an.

Sie tauchen froh nach kurzer Zeit

Sich tiefer in die Süßigkeit,

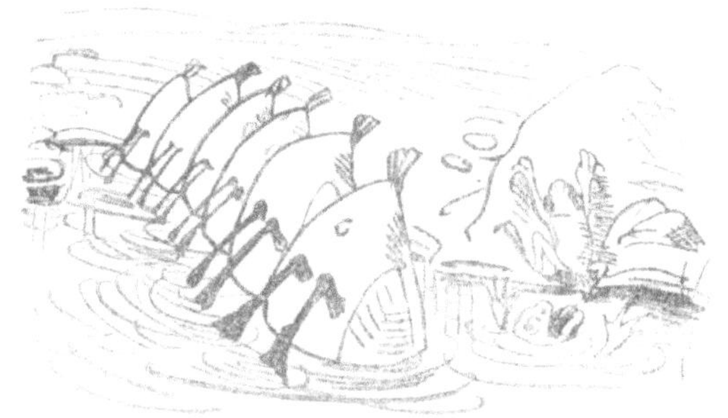

Derweil die Frösche schnell und grün
Aus tiefem Grund an's Ufer fliehn. —

Grad kommen, denn es ist halb neune,
Der Schweinehirt und seine Schweine.

Die Gänse wackeln schon bereits.

Viel Kurzweil treibt man anderweitig
Sowohl allein wie gegenseitig.

Jetzt eilt die Bauernschaft herbei
Und wundert sich, was dieses sei.

Bald ist auch Pille reisefertig
Bei diesem Schauspiel gegenwärtig.

Zuerst erfaßt zu aller Schreck
Der Ziegenbock den Schneider Böck.

Auf seinem zackigen Gehörne
Trägt er denselben in die Ferne.

Der Bürgermeister, ängstlich blau,
Bewegt sich fort auf Ranter's Sau.

Jetzt kommen, Pille in der Mitten,
Zwei alte Weiber angeritten.

Herr Pille aber wird zuletzt
Vor einer Stallthür abgesetzt.

Hierbei verlieret seinen Glanz
Der schöne Sonntagsschwalbenschwanz. —

Als man hierauf verwundersam
In einem Kreis zusammenkam,
Da hieß es: „Kommt na Mutter Köhmen!
„Up düt da will wie Einen nöhmen!!"

Gesagt, gethan! — Für Mutter Köhm
Ist dies natürlich angenehm.

Viertes Capitel.

Die Eier.

Das weiß ein Jeder, wer's auch sei,
Gesund und stärkend ist das Ei. —
   Nicht nur in allerlei Gebäck,
   Wo es bescheiden im Versteck;
   Nicht nur in Saucen ist's beliebt,
   Weil es denselben Rundung giebt —
   Nicht eben dieserhalben nur —
   Nein, auch in leiblicher Statur,
   Gerechtermaßen abgesotten,
   Zu Pellkartoffeln, Butterbrotten,
   Erregt dasselbe fast bei Allen
   Ein ungetheiltes Wohlgefallen;
   Und Jeder rückt den Stuhl herbei
   Und spricht: Ich bitte um ein Ei! —
Daß dieses wahr, das fühlte klar
Sogar die treue Bauernschaar. —

Der Plan mit Pillen's Busenfreund,
So wohlbedacht, so gut gemeint —
Man kann wohl sagen — ist mißrathen.
Doch Treue sinnt auf neue Thaten. —
Denn daß zu diesem hohen Tage
Etwas geschieht, ist keine Frage. —
Der sanfte Johann Heinrich Dreier
Der sprach: „Wo dünket jük de Eier?"
„„Kein besser Ding vor diesen Zweck!""
Rief Schneider Böck, — „„Un dat seg eck!""
„Ick ok!" — schreit Korte — „Dunnerschlag!
„Keen Minsche, de nich Eier mag!!"
Und alle riefen laut und froh:
„„Ja ja, man to! Ja ja, man to!""

Bald ist im Dorfe weit und breit
Mann, Weib und Kind in Thätigkeit,
Um zu den obgedachten Zwecken
In Scheunen, Ställen und Verstecken,

In unwirthsamen dunkeln Ecken
Des Huhnes Eier zu entdecken. —

Die Hühner machen groß Geschrei;
Denn auch das Huhn verehrt das Ei,
Was es im Stillen treu gelegt
Und gerne weiter hegt und pflegt,
Bis nach den vorgeschriebnen Wochen
Ein Pieperich hervorgekrochen. —
Jedoch nicht Jedes ist so gut. —
Es gibt auch welche, die die Brut
Treulos verlassen — und so eins
Ist leider Krischan Stinkel seins. —

„Du wutt nich sitten, Lork?" denkt Stinkel
Und zwinkert mit dem Augenwinkel —
„Na, denn loop hen! Na, denn man to!
„Ok recht! Ick weit wol, wat ick do!!"

Nachdem er so in seiner Mütze
Die Eier, daß er sie benütze,

Mit etwas Häckerling vermengt,
Behutsam leise eingezwängt,
Trägt er dieselben zu dem Orte,
Wo dieses Mal der lange Korte,
Der ehedem und hierzuvor
Gestanden bei dem Gardecorps,
Die Gaben gern entgegennimmt. —
Ja, dieser Korte ist bestimmt,
Als Ehrengreis und Biedermann,
Der so Etwas am Besten kann,
Begleitet von zwei Ehrendamen,
Natürlich in Gemeinde Namen,
Das Festgeschenk noch diesen Morgen
An hoher Stelle zu besorgen. —

Und Korten's Ochse steht davor.
Daneben stehet Korten's Sohn. —
Zwei Stunden ist's zur Bahnstation. —

Mit Vorsicht wird zuerst placirt
Der Eierkorb, wie sich's gebührt.

Sogleich nach diesem, wie sich's schickt,

Die Ehrenjungfern, reich geschmückt.

Mit Ruh und Würde und zuletzt
Hat Korte sich hineingesetzt.

„Au, Kunrad, jüh! Wie wünschet Glücke!!" —
— Nicht weit davon ist eine Brücke. —

Es rutscht das Rad. — Herrjeh! Schrumbum! —
Da fällt die alte Kutsche um. —

Bestürzt ist jedes Angesicht.

Wie's drinnen ist, das weiß man nicht.

Nun hebt nach oben, ohne Worte,
Sich Korte aus der Kutschenpforte.

Nun kommt ein Ehrenjungfernbild,
In Eigelb merklich eingehüllt.

O weh! Es fehlt noch immer eine! —

Gottlob! Hier sieht man ihre Beine! —

Die Jungfern und der Ehrengreis
Sind alle drei ganz gelb und weiß.

Man ist bemüht sie abzuwischen. —
„Puh! — hieß es — Hier sind fule twischen!!"

Hier schlich bei Seite Krischan Stinkel
Und zwinkert mit dem Augenwinkel,

Und spricht zu seiner Frau Christine
„De fulen, Stine, dat sind mine!!" —

Als man darauf verwundersam
In einem Kreis zusammenkam,
Da hieß es: „Kommt na Mutter Röhmen!
Up düt, da möt wie Einen nöhmen!!“

Gesagt, gethan. — Für Mutter Röhm
Ist dies natürlich angenehm. —

Die Butterhenne.

Das wäre also auch mißrathen.
Doch ist's noch Zeit zu neuen Thaten. —

Hierauf bezüglich, mit Gefühl,
Sprach Herr Adjunktus Klingebühl:

„Geliebte! So wie ich erachte,
„Indem ich diesen Fall betrachte,
„Bedenke, prüfe, überlege
„Und mit Bedachtsamkeit erwäge —
„So ist gewiß für treue Liebe
„Und sonsten eingepflanzte Triebe
„Das schönste Beispiel, so ich kenne,
„Das Mutterhuhn, genannt die Henne. —
„Ich weiß nicht, ob Ihr dieses wißt — —"
„„Ja, ja — rief Jeder — ja, so is't!!""
„— — — — Nun wohl!
„So lasse man, als ein Symbol,
„Durch unsern Bäcker und Konditer —
„Ich meine hier Herrn Knickebieter —
„Aus Butter und dergleichen Sachen
„Ein Ebenbild der Henne machen. —
„„Ja, ja! — rief Jeder laut und froh —
„„Ja, ja! man to! — Ja, ja! man to!!""

Bald ist im Dorfe weit und breit
Manch treues Weib in Thätigkeit,

Die Butter durch ein raſtlos Wälzen

Und Kneten innig zu verſchmelzen.
Und alle dieſe ſchöne Butter
Legt freudig Tochter oder Mutter

Als eine tiefempfundne Spende
In Knickebieter's Künſtlerhände.

Mit Freuden thut er sie begucken
Und denkt: „Das ist ein schöner Hucken!"

Sogleich, nachdem er sich geschneuzt,

Wird er zum Schaffen angereizt.

„Sieh, sieh! Da ist ja Eine bei,
„Die innen voll Kartoffelbrei.
„Oh! — sprach er — Oh du alter Schlinkel!
„Die ist gewiß von Krischan Stinkel!!"

Zuerst mit großem Vorbedacht
Wird Kopf und Leib und Schwanz gemacht.

Die Augen macht man mit den Daumen
Vermittelst zwo gedörrter Pflaumen.

Als Schnabel wird die rothe Rüben
Zweckmäßig in den Kopf getrieben.

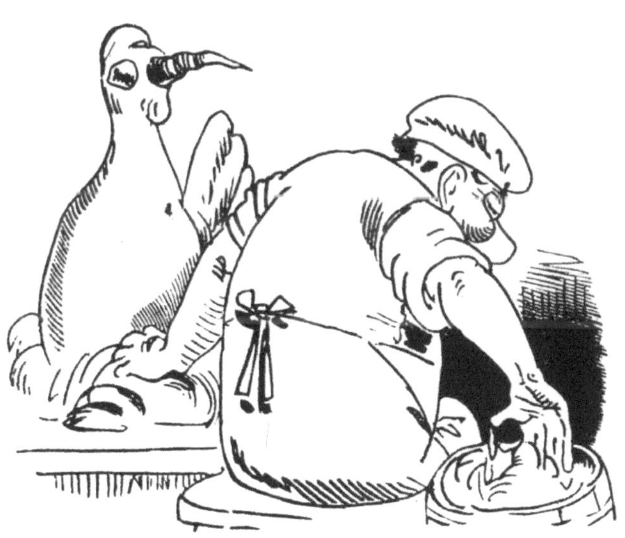

Nun wirft man mit geheimer Wonne
Den Ueberrest in seine Tonne.

Nicht übel! Nur erscheint mir bloß
Das ganze Bildniß etwas groß.

Noch mal gemacht! — Und zwei Rosinen
Die können auch als Augen dienen,
Und, da das Ganze ein Symbol,
So kann's nicht schaden, wenn es hohl.

Und wieder mit geheimer Wonne
Wirft er, was übrig, in die Tonne.

Er steht und sieht sein Werk von ferne
Und spricht: „Na so hab ich dich gerne!"

Er schafft die Tonne fort verstohlen.
Man kommt, die Glucke abzuholen.

Der Wagen steht und wartet schon. —
Der Bürgermeister in Person
Wird dieses Mal und zwar allein
Der Fest= und Ehrenbote sein.

Bei Jedem ist die Freude groß,
Denn gleich geht die Geschichte los.
Und Jeder ruft: „Wi wünschet Glücke!" —

Den Gaul umschwirrt die Stachelmücke.

„Oha! — schrie Alles voller Noth —
„Herrgott! he sit de Klucken dot!"

Er sitzt am Boden sehr erschreckt.
Das Festgeschenk ist fast verdeckt.

Du liebe Zeit! Welch ein Malör!
Man kennt das schöne Bild nicht mehr.

Sechstes Capitel.

—

Finale.

—

Die Zeit ist um, der Tag vergeht.
Für dieses Jahr ist es zu spät.
Und stumm und in sich selbst gekehrt

Begibt man sich in's weiße Pferd. —
„Ja ja! De Botter de is dür!"
Sprach Krischan Stinkel, als man hier. —
„„Nu is't to late!"" — meinte Böck —
„„Ich schäme mir vor diesen Zweck!""
„Dat hat Aptheker Pille schuld!"
Schrie Korte voller Ungeduld.
„„Da muß ich bitten! Liebster Bester!""
„Ne — Korte!!" — „„ne — De Burgemester!""

Der Tisch fällt um. Man prügelt sich. —

Als man hierauf verwundersam
In einem Kreis zusammenkam,
Da hieß es: „Heda! Mutter Röhmen!
„Up düt da will wi Einen nöhmen!!"

Gesagt, gethan. —

Für Mutter Röhm
War alles dieses angenehm.